白い着物の子どもたち

伊藤悠子

書肆 子午線

目次

*

白い着物の子どもたち

ひとが通る

手をひろげればみんな十字架の形
と映画のなかでおんなのひとが歌っていた
そのひともひろげながら踊りながら
うろ覚えだけれど
そのときああそうねと思ったのは覚えている
両腕をひろげられ
両手を打ち付けられ

顔は傾く
もう一度これをと少女が布をさしだすには高すぎる位置

病室で
いまはのとぢめ
嘆きはなく
両腕をややひろげ
細くなった声で
見舞いの末の者たちを励ました
末の者たちの顔はかがやいた
一番幼い少女までも

日は過ぎ
月は変わり

面影はときおり思い出のなかでまざっていく
言い伝えのひとが通る

少女が運動場で級友の汗をぬぐっているとき
年老いた弟たちが台所で菜をきざんでいるとき
ありしひとが通る

白い着物の子どもたち

白いレースのカーテンが
写真の上に影をひろげている
影色のガーゼのようにひろがっている
いけない
カーテンを引かねば
写真の子どもたちはガーゼ伸ばし作業をしているのです

立って前かがみになりながら
伸ばしたガーゼを重ねている少女
どこかしら似ている
この少女はおそらくリーダー　おねえさん格
テキパキとこなすので写真の前方にいる
豊かな髪が額に落ちないようになにかで留めているみたい
この作業がおわったらなにをするの？

椅子に座りガーゼを伸ばしている少年たち
ひとり顔をあげている少年
なにかしら似ている
当惑なのか
違和なのか
横にながした視線が硬い

この作業がおわったらなにをするの？

にげる？
いく？
深さ二メートルの空堀があるよ
逃走防止のからたちの樹が囲んでいるよ
　からたちのとげはいたいよ。
　青い青い針のとげだよ。

しっている
しっている

キャプションに全生病院とあるし
年の頃から

あなたはわたしのおかあさんにあたる？
あなたはわたしのおとうさんにあたる？

ありえない
ありえない
ありえないつらさがあったよ

潜像のままのような写真からとおい時間

多磨全生園に
風のきれいな晴れた日
多磨全生園に
棒のような雨の日
子どもたちの姿がない日

きれいな風が吹いていく
棒のような雨が地下までしみていく

＊写真は大竹章著『無菌地帯』（草土文化）に掲載の一枚。「子どもたちのガーゼ伸ばし作業（全生病院）」と説明文がある。撮影年は記載なし。大竹章氏は元ハンセン病患者である。同書第Ⅱ部で氏によって考証されている「見張所勤務日誌」には、大正十三年（一九二四年）四月五日の日誌に「墓地傍壕堤上ニカラタチノ樹ヲ移植シ逃走予防ニ供（備）フ」との記述がみられる。「全生《ぜんせい》病院」が「国立療養所多磨全生《ぜんしょう》園」として発足したのは、一九四一年（北原白秋作「からたちの花」は一九二四年「赤い鳥」に発表）。

奄美和光園

橋の名は恵橋
流れる川は有屋川（とおぼえた、メモはしなかった
平屋の住宅が続いていた
だれも通らない通りのほとりに丸時計が
一時三十分をわずかに過ぎていた
あれは五月の初めのこと
きょうの夏帽子の鍔《つば》に入ってしまうほど遠いところ

国立療養所奄美和光園
夏帽子の鍔には一軒の軒先も入っている
「ここのおばあさんに町に行くからとよく頼まれます」
タクシーの運転手さんが言った
軒先は近かった
少し暗かった
田中一村もここで絵を描いていたときがある（官舎だが
ハンセン病の隔離政策に異を唱えた医師小笠原登を頼ってきた
二人でお茶を飲んだこともあるかもしれない
患者もいっしょに雑談したこともあるかもしれない、ないかもしれない
橋の名は恵橋
川の名は有屋川
和光園の案内図には
旧火葬場、旧霊安解剖棟が紫色で示してあった

どちらも見なかった
紫はそんな色
だれにも会わなかった
夏帽子の鍔を上げると奄美和光園はわたしの町の向こうに隠れてしまう
町からは遠く
山に隠れるところにあった

線路のサルスベリ

暑い夏
踏切わきの線路に
白い小さな噴水のよう
白いサルスベリが低く咲いている
種がそこに落ちて二年ほどたっていると思う

こんなところに落ちたのか
これ以上伸びたら散らばってしまう
ゆうべの夢のなかで
わたしはだれにあんなに謝っていたのだろう

野風山風

野風山風吹きわたり
八月十一月そしてわたしの九月
死者は帰りくる
死者は帰りくるは今は昔
野風山風秋風吹いても
菊花は咲いても
かの風は吹かない

うつむきながらまっすぐきて足元にまとわりつく風かの風
約束を紙をたくさん破ったのだろう　わたしは
長すぎました　わたしには
住む町でかがめば見知らぬ今年の秋風が遠く吹く
わたしのおとうさん、いくつになりました？
あのこはいくつになりました？

死が生を介抱しながらおとずれるということはあるか

金木犀を伐った
同じ鋸でわたしの腕を伐った
木質化している
愛鷹《あしたか》山麓の製材所ですでに平らに積まれていた
一番上で細い空からの光を受けている
傍らにホトトギスは群生している
地味な紫をそれぞれかたむけている
もうじきその紫を開く

金木犀の下にもあった
庭のどこにもあった
日向の大きな株は花数多く木陰の小さな株は少なく
みんなそのようにすごして末枯《すが》れた
思い出というふうなものではない
ここは墓地が近い
死が生を介抱しながらおとずれるということはあるか

習性として

夜陰に梔子《くちなし》の親風が吹くと
梔子はその姿を枯れたありのままを黙ってみせた
よくたえた　このよのあつさに
しろいいとにまみれてげっそりと
こうなるのもむりもないこと
ことしはひどいあつさだったもの
あなたもはんぶんゆうれいになったのだから

きってもらったら
きってもらえなかったらたおれてから
いっしょにいきましょう
やがてかぜにかわるばしょへと
枯れた梔子は全身黙ってこたえた
まだ赤い実だったときを習性として微笑み抱いている

海面《うみづら》

海は一面の深い皺を持つ大きな顔

左舷から船尾をまわる
右舷にうつる
人生が変わっている戻っている
だれのものか苦労ばかりの来し方が強風になって吹きつける
ここは足早に行くか
うつむくか

郵 便 は が き

恐れ入りますが
所定の切手を
お貼りください

169-0051

東京都新宿区西早稲田 1-6-3 筑波ビル 4E

書肆 子午線 行

○本書をご購入いただき誠にありがとうございました。今後の出版活動の参考にさせていただきますので、裏面のアンケートとあわせてご記入の上、ご投函くださいますと幸いに存じます。なおご記入いただきました個人情報は、出版案内の送付以外にご本人の許可なく使用することはいたしません。

○お名前《フリガナ》

○ご年齢

歳

○ご住所

○電話／FAX

○E-mail

読者カード

○書籍タイトル

○この書籍をどこでお知りになりましたか

1. 新聞・雑誌広告（新聞・雑誌名　　　　　　　　　　）
2. 新聞・雑誌等の書評・紹介記事
（掲載媒体名　　　　　　　　　　）
3. ホームページ・SNS などインターネット上の情報を見て
（サイト・SNS 名　　　　　　　　　　）
4. 書店で見て　5. 人にすすめられて
6. その他（　　　　　　　　　　）

○本書をどこでお求めになりましたか

1. 小売書店（書店名　　　　　　　　　　）
2. ネット書店（書店名　　　　　　　　　　）
3. 小社ホームページ　4. その他（　　　　　　　　　　）

○本書についてのご意見・ご感想

＊ご協力ありがとうございました

書肆子午線　電話：03-6273-1941　FAX：03-6684-4040
E-mail：info@shoshi-shigosen.co.jp

また光のある方へ移動するだけだ
船首にたどりつくと遠くに
薔薇の垣根を越えてやってきた少年の姿が見えた
一人で海を見ている
とても一人だ
行く末をその背にたくせば
ふりにしこの身を海は洗うか

一生のこととして

暗い道を疾駆していく
馬か自転車か
乗っているが馬になっている
罵声を浴びせられるが
馬に対してではない
騎乗者が浴びている
女はただ笑われる宿命を走り抜け

前方に繰りひろげられるのは照葉樹林だ
下方から光がひろがり
照葉樹はかぎりなく黄色に近い緑だ
屋久島の照葉樹はきれいだったとおもいだす
照葉樹林の下方に太陽があるのか
経験から思う
太陽には近づけない
距離はたぶん一定
知識はふえない
疾駆がおわり
教会のような建物の前で止まった
教会なら慣れたものたぶん
が、門の辺りにいるひと三人の様子が異なる
一様に眼光鋭い

それはいい
着ているものが長い馬の毛皮とおもえる
不審だ
たがいに不審者だ
やおら道をそれると
小さな家に男がいて
幼子を寝かせ
変わらず一生のこととして
見守っていた

絵のなか

女の子がいる
絵のなか
緑色の蚊帳のなか
それなら夏の夜
こちらを見ていない
おかっぱの髪
やわらかな頬がみえる
どこを見ている

少し上　それもとおくを
枇杷色の服を着て
布団にすわり
膝にうすい夜具をかけて
絵のなかで
緑色の蚊帳のなかで
ひとりしずかにしている
呼ばれているとしたら
だれにだろう
もしかしたら
おなじような枇杷色の服を着た古代のひとに
どこか似ている先祖のひとに
それとも
絵を描いているその子の父に

女の子は
小学校の七夕の短冊に
にこにこ笑っている女の子を描いて
横に大きく
わたしがやさしくなるように
と書いていた
一年生だった
枇杷色の服ならオーバーコートがそうだった

前方

リビアからの難民である少年Dが
と言ったらたくさんの少年がいっせいに
ぼくのこと?　オレか?
と振り向く
だれか明かすことは必要か
少年Dは
働いているローマの飲食店で窓の外をたびたびみつめた
そこは広場でベンチがあった

ベンチのようなひとになりたい
ベンチはだれ拒むことなく座らせる
そのようなひとに

前の公園のブランコが大きく揺れだした
雨上がり
立って漕いでいる
スカートをぬらさないように
少女はきょうも漕ぐ
授業があるだろう時間
少女の声を一度だけ聞いた
小さな子に
あぶないよ
と言っていた

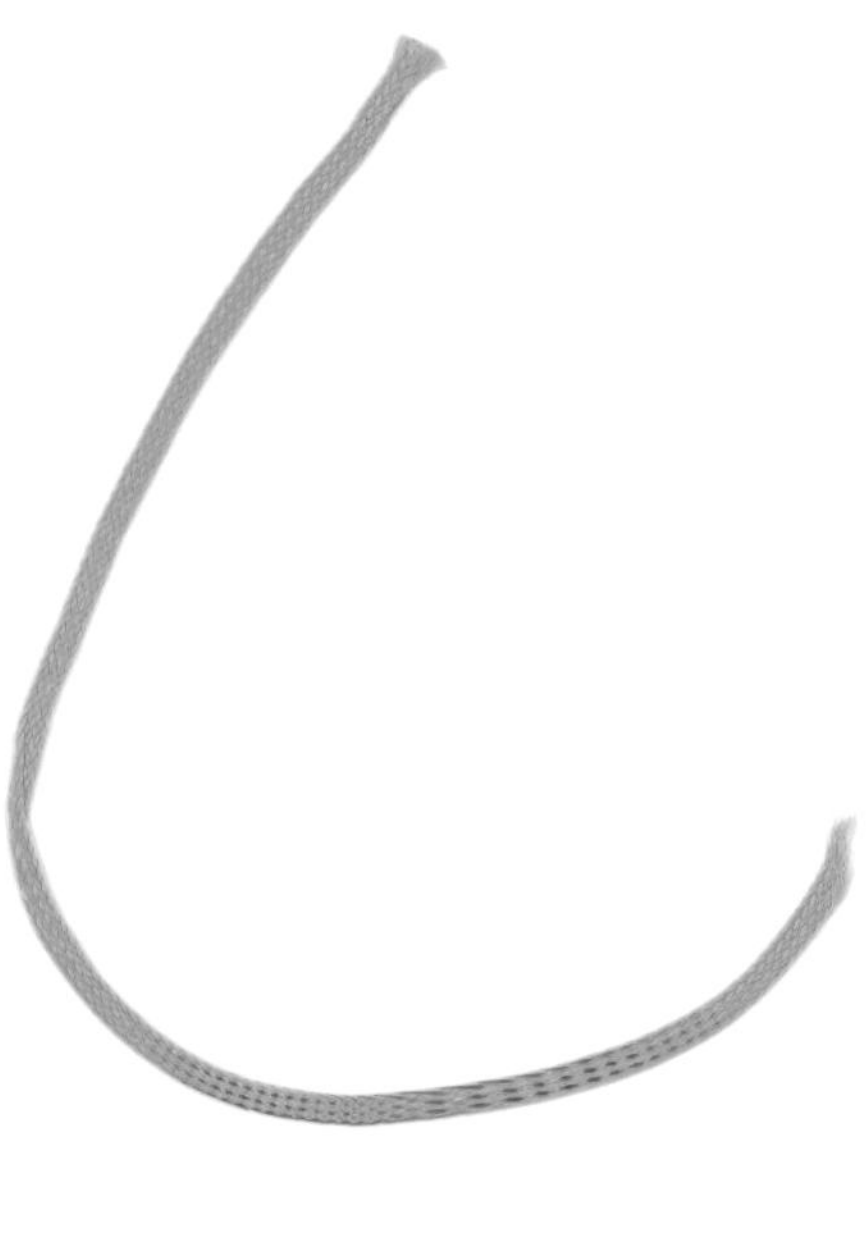

少女はブランコで大きくなってきた
ブランコもだれ拒むことなくおのれを垂れている
スパッと決心したように漕ぎ終えると
漕いでいたとき見つめていた前方へと
まっすぐ帰っていく
ブランコは助走だったのかもしれない
前に進むための

少年Dも少女も元気でね。
それがわたしの前方。

*

銀杏

二月が終わる日の朝
公園は立ち入り禁止となり
（新型コロナウイルスのためではなく）
軽トラやクレーン車
作業着姿の若い人たち
まず公園の外灯を厚い布でくるんでいる
すでに始まっている

窓のすぐ前の銀杏の大木がどうかされるのだ
クレーン車の籠の人が下の枝から伐る
枝もとから伐っている
下から順々
たしかに枝は多い
他の人が枝を集めていく
どこまで伐るのか
てっぺんまで全部伐った
枝のない幹となった
こんどは上から一メートルほど切断される
丈をつめるのか
そう、高かったかもしれない
このマンションの六階ぐらいまで届くだろうか
一メートルほどずつ切断されワイヤロープでおろされていく

木の粉が雨風のように舞ってくる
すっかり伐られるのだとわかった

夕暮れ
伐られたあとがほのかに白い
直径八十センチくらい
高さのわりには小さく思える
つるりとしている
縁も丁寧にけずられ丸みをおびている
空から見たらまるい貝ボタンのようだろう
ほんのりと白い木の粉があたり一面にあって
すべてきれいに終わっていた
若い人たちは似たような姿で軽快に働いて
おとぎ話の登場人物のように帰っていった

一日がかりの労働だった

夜更け
まぼろしの立つところ
カーテンをすこし引くと
外灯は明るく
初めから銀杏などなかった
ようにない

声

どこまでも青空
人影はまばらだ
踏切がカンカン鳴りはじめた
向こう側にいた女が平気で渡ってくる
渡りおえると
おりた遮断機に沿って近づいてきた
マスクのない顔で

男がいらなくなったのですね
老人になったのですね
よかったね　おかあさん
そう言いおえると
わたしから離れていった
電車が通り過ぎる
なんだろう
見かけたことはある
四十歳くらいか
すこし振り向くと
ランドセルが似合いそうな姿で車道を歩いていた

おかあさんは死んでいるのかもしれない
いまでも通りすがるのかもしれない

ことに五月は
今年の五月は毎日が母の日とか
聞いた気がする
よかったね　おかあさん
そう言うと
どこからか
よかったわ
と声が
聖五月

毎日

アラース、ああ
打ちつけてくる
深い森のほうから
白い樹々がざわめきながら
打ちつけてくる
やがて砂漠の家々からも

聞き取れない名前を持った町からも
呼び名だけのあたりからも
毎日
アラース、かなしい

ベルガモの聖堂に整然と並べられた柩
ここより他の町の火葬場へと運ばれていく
運ぶ軍隊の車列はヨハネ二十三世通りを通っていくか

たくさんの穴が掘られている
この星の眼窩のように
白い布でくるまれたひとが深く下ろされていく
できるだけ深くと

映像でみたひとはみな異邦のひと
近い死は隔てられ
身をかがめながら急いでしまわれていくよう
幾重にもビニールと布が遮ってくぐもる
それはわたしに望んでいた近似値の死かもしれない
とおもうとき
夕べの鐘のように
ひとり少女がブランコに来てこすれるその正確な音によって
生きる生活を伝えてくる
半そで　夏帽子

友だち

日が谷向こうに沈むと
谷は木々ごと不思議な白さになった
四月といっても
ここは芽吹きが遅い
白っぽい枝々に緑の小さな玉が
懸命だ
これ以上ない
暮れきるまでのわずかな時間

静けさの極みがある
その静けさを持ち帰りたいとおもうが
できない
スタインベックの『ハツカネズミと人間』の
ジョージはあのあとどう生きたのだろう
「ささやくように低い」声を聞いて終わった
丘を下った町に住んでいた友だちは
きっとまじめに生きただろう
家に行ったら
病気のおとうさんが軒の葡萄をとってくれた
それから三人で内職をした
みんなよくしてくれたのに
ありがとうとだれにも言わずに
丘から離れた

川ふたつ

杉並の丘をくだると川があった
木橋からコンクリートの橋に架け替えられたほどの川だ
岸に子豚がいることもあった
黒い子豚もいた
豚を飼うひとはいつもいなかった
　ひぐれのみちを
うしかいに

こうしは
つられて
そう聞こえたが、つれられてかもしれない
音とあわない気がするけれど
のそのそと
だまっているけど
さびしかろ
亡くなった母はよくその歌を歌っていた
川岸の子豚もいつか売られていくのだろう
そのときは
だまっているけど
さびしかろ
きのう遠くから手紙が届いた
「生存をお知らせいたします」

そう訳せる短い文だった
返事を書いた
相手はそれでわたしの生存を知るだろう
人であることは
あるときは細くさびしい
日暮れの道をいったことを
たがいに知らないでいる
そんなひそやかな恵みもある

その川のそばを
小さな川が流れていて
晴れが続くと草地に消えた
大きな川とちがって
七夕の笹も鼠も落とされることなく

海にも出合うことなく
雨に現れ
旱《ひでり》に消えた

みえつつもとな

（萩は鹿の妻という。）*
本のなか小さな文字でつたえられた
でも
それをだれにつたえよう
辻にはかげが行きかうばかり

集合住宅のあちこちに
赤紫　白　それとも　薄紫の
萩は
大きな分度器

三十度空が
四十五度萩が
九十度萩と地が
たおれるひとを待っている

刈った木につまずいて庭で転倒した
射貫かれた鹿なら萩を敷いてたおれた
たおれた鹿の目に萩が（みえつつもとな**
みえる　しきりに　それとも　ぼんやりと

＊　中西進『万葉集　全訳注原文付』（講談社文庫）、一五八〇番（さ男鹿の来立ち鳴く野の秋萩は露霜《つゆしも》負《お》ひて散りにしものを）の注にそうある。

＊＊『万葉集』一五七九番（朝戸あけてもの思ふ時に白露の置ける秋萩見えつつもとな）の結句。中西進は「目についてばかりいて、ぼんやりと」と訳している。二首とも文忌寸馬養の作。

祖母山

夏の夕方
襞を羽織って蝙蝠になる
階段の手すりに片翼をのせながら庭へ降りていく
わずか五段ほどだが
バタバタときしむのは翼だけではなく
翼がかかえる身
身からでる脚

祖母山と本にあった
おほばやまと振ってあった
霞がたなびいているそうね
死にたいと思ったころ
十代だった
関西にいた祖母から電報がきた
おばあさんならこんな毎日どうする?
そうさねえ　どうしようかねえ
蕗も十薬も葛の類も外来種も
地をまきこんで根を織り上げている
粗く丹念な織物ができあがっている
裁ち寸断して引き上げポリ袋に入れていく
日が暮れるまで繰りかえす
おばあさん

子供たちの家から家とたらい回し（いやな言葉ね）だったあなたが
独りねる小さな離れに冷蔵庫を買ってあげられないくらい
うちは貧乏だったのかしら
夏はカルピスがいたまないか気にしていたことが
思い出される
祖母は日傘ではなく黒い蝙蝠傘をさして夏のなかへでていった
だれかが車輪を回しているから
もう月もでてきて
さ夜ふけて眠ればまた白っぽい朝がくる
大きな車輪に任せていれば
やがて祖母山が霞の向こうに見えてくるかしら
これを怠惰というのかしら
おばあさん　月ってきれいね
とてもこの世のものと思えない

祖母山《おほばやま》　霞棚引《かすみたなびき》　左夜深而《さよふけて》　吾舟將泊《わがふねはてむ》　等萬里不知母《とまりしらずも》*

* 『新校萬葉集』（創元社）に拠った。一七三二番　碁師

ざぶんと

美容院の椅子に座って
駅前広場をぼんやり見ている
ドラッグストアのショーウィンドーに
通行人が映り込んでいる
二人になって歩き
ショーウィンドーを過ぎ去ると一人になる
伐られる前はあの窓に桜が映ったものだ

ガラス窓に映り込む愛鷹山を見ながら
ベランダで洗濯物を干したのは何年前のことだろう
美容院に来るのもためらう黄色いトンネルのような日々

四月
愛鷹山は馬酔木《あせび》ばかりだった
夕方四時ごろ春風に吹かれながら
標高千メートルの小屋から山を下ったことがある
標高八八〇メートルあたりまで
牛乳一本もとめて管理事務所まで　気ままに
一帯馬酔木ばかり姿をあらわす
大木で花が盛りで動物のようだった
名前のせいか馬が後ろ足で立ち上がっているようだった
白い花

あけぼのと呼ばれる赤みがかった花
白い花に血が滲んだ春あけぼの
過剰な垂れが春風に吹かれながら
木ごと狂ったようにわたしには聞こえない声でいないないていた
白い花　あけぼのと呼ばれる赤みがかった花を
振りおとしたいのか
四月
あの狂いにざぶんと会いたい

青紫蘇と枝豆

蕾をもった紫陽花と
もうじき咲きそうな矢車草のあいだの狭い土ではありますが
スコップで掘り返し
青紫蘇の種をぱらりと蒔きました
木ごと枯れかけの梔子と
鉢植えの桜草のあいだの狭い土ではありますが
スコップで掘り返し

枝豆の丸い種をぽつぽつと蒔きました
明日になればどちらがどちらだったかわかるかしら
雨が長く続いたら
忘れたころ
どちらか芽が出るかしら
どちらも雑草に覆われてしまうかしら
どちらも芽を出し
やがて葉っぱと豆になっても
だれも採らず
虫と鳥が食べるのかしら
こんな小さな庭の三、四か月ほど先をだれがわかるのでしょう
なにしろとっても先のことなので
だれに聞いてもあいまいに笑うでしょう
良くってあいまいな日々

青紫蘇と枝豆の種を蒔きました
とカレンダーに書きました
庭仕事を表す緑の色鉛筆で書きました
わたし、あんまりさびしくて蒔いたのでしょう

お手伝い

公園へおりる階段で男の子は
これでいいかな
と携えてきた小さなシャベルを思案している
これじゃおかしいかな
大丈夫だろうよ
と若いおとうさんはほほえんだ
そしてふたりで公園のすみにおりていった
公園では自治会役員有志のひさしぶりの草刈り
電動草刈機が音をたて

刈った夏草はすぐさま干し草のにおい
男の子の小さなシャベルの好んだものは
木陰の小さな草
花壇の枯葉
動かないセミも待っていたかしら
草刈りが終わって
花壇のオレンジ色のコスモスの花が秋風に笑っている
きれいな空気
明日はいつものようにブランコも使えるから遊ぼうよ
君は赤ちゃんのときから
おとうさんときていたね
なつかしい日々
（しましくも　つぎこせぬかも）
もうしばらく　つづくといいなあ

月人

公園
桂の黄葉が澄んで黄色
秋の月にはこの黄色が加わっていっそう明るいとおもったという
彼方の人々のその心情
月のなかに桂の木があるなら
この桂の木のなかにはいれば
そこは月となる
桂の木に寄りかかり目をつむり
過日スーパーマーケットで聞いた小さな声をおもいだす

おいしいですよ
おいしいですよ
青年が小さな声でそう言いながら
焼き芋のはいった紙袋を
小石の敷き詰められた棚に並べていた
客に呼びかけているのか
焼き芋にはなしかけているのか
おいしいですよ
土曜日だからアルバイトかもしれない
高校生かもしれない
買えばよかった
焼きたてだろうから鶏肉レタスチーズなどといっしょに買い物袋に入れられない
そんなためらいはすばやく捨て
小さな声に応えればよかった

一袋でも棚からとってスーパーの籠に入れれば
この秋のひとつの後悔をせずにすんだ
桂の黄色い丸い葉が風にときおり散る
月が軽く散っている
風に乗って公園内を細く流れる人工の川にいたれば
川はやがて天の川になる
桂の澄んだ黄色があたり一面
おいしいですよ
それは世界への初々しい声

黄葉為《もみぢする》　時爾成良之《ときになるらし》　月人《つきひとの》　楓枝乃《かつらのえだの》　色付見者《いろづくみれば》*

*　『新校萬葉集』二二〇二番　作者不明

草深百合

薬に痛みを預けた安逸な眠りを抜けて
きょうも朝だ
一日あまり悲しまないようにとだけ

過日黄に縁どられた緑のウロコに見えた銀杏が
すっかり黄葉しているのを
美しいとは思えなかった

美しいと思った日々が
絵画のような遠くを散っている

人に会わないのに毎日人疲れしている
主よ、人の望みの喜びよ
相鉄線横浜駅からＪＲ横浜駅に移動するとき
曲が聞こえた
バッハに人は飽きることはあるか
神に人は飽きることはあるか
飽くことはあるだろうか　人よ

万葉集に百合の歌がある
　路邊《みちのべ》　草深《くさふか》百合《ゆり》之《の》　後云《ゆりもとふ》　妹命《いもがいのちを》　我知《われしらめやも》*
ある本は第三句を「ゆりにとふ」

結句を「われしるらめや」と訓み
有数の秀歌とし
別の本には脅しつけるような歌とあった
反語の振れ幅は大きくわたしには捉えられない
振れは震えだろうか

言葉の発せられた景を巻き戻していることがある
数少ない景をくりかえしている
「僕はみんな忘れるよ。きのうのことも忘れる」
海上の幼いやわらかな声

何も学ばず
何にも感動しなくても
日は吹いていく

悲しまないようにして
日の当たり
日の陰りをきょうも生きた

＊『新校萬葉集』二四六七番「柿本朝臣人麿之歌集出」とあるが、逸書。

影よ

窓に桜がながれている
ゆうべも今日も
　フキは枯れると
　葉も茎も黒ずむ
きれいな男声が唄っていた
わたしの詩だったが
もうそのひとの声そのものになっている

庭のフキをあく抜きして
きんぴらと佃煮にしながら送られたCDを聞いている
収穫とは思えない毎年ただ繰りかえす手順で
出来上がっていく
　中目黒という駅だった
　中目黒はこんなに暗い駅だったかと思っている
とおくすきとおっていくさびしさのようなもの
きれいな声になって届けられ
虚空に帰っていく
虚空ではなく
その声のひとのところに帰りなさい
あしひきの愛鷹山をあした越え
打ち寄する駿河の浜に添い
とおく行きなさい

末永く
唄ってもらいなさい
忘れられたら眠りなさい
影よ

ベンチのチューリップ

よろこびから遠い日
海沿いを走る電車に乗り
うすく目を閉じると
過ぎにし人に会えるか
あまりにもながい時間がたった
だれもいない駅のベンチに

白いチューリップが一本
よこたえるように置かれてあった
だれにということではなく
白いチューリップに
ささげるように置かれてあった

伊藤悠子　いとう・ゆうこ

詩集
『道を　小道を』（ふらんす堂、二〇〇七年）
『ろうそく町』（思潮社、二〇一一年）
『まだ空はじゅうぶん明るいのに』（思潮社、二〇一六年）
『傘の眠り』（思潮社、二〇一九年）

エッセイ集
『風もかなひぬ』（思潮社、二〇一六年）

白《しろ》い着物《きもの》の子《こ》どもたち

著者　伊藤悠子
発行日　二〇二三年七月一五日
発行人　春日洋一郎
発行所　書肆　子午線
〒一六九-〇〇五一　東京都新宿区西早稲田一-六-三筑波ビル四E
電話　〇三-六二七三-一九四一　ＦＡＸ　〇三-六六八四-四〇四〇
メール　info@shoshi-shigosen.co.jp
印刷・製本　モリモト印刷

ISBN978-4-908568-37-4　C0092